Sólo una vez más

Relatos breves

Translated to Spanish from the English version of
Only Once Again

Renuka.K.P.

Ukiyoto Publishing

Todos los derechos de publicación son propiedad de

Ukiyoto Publishing

Publicado en 2024

Contenido Copyright © Renuka.K.P.

ISBN 9789362696199

Todos los derechos reservados.

Queda prohibida la reproducción total o parcial de esta publicación, así como su transmisión o almacenamiento en un sistema de recuperación de datos, en cualquier forma y por cualquier medio, ya sea electrónico, mecánico, por fotocopia, grabación u otros métodos, sin la autorización previa del editor.

Se han hecho valer los derechos morales del autor.

Se trata de una obra de ficción. Los nombres, personajes, empresas, lugares, sucesos, locales e incidentes son producto de la imaginación del autor o se utilizan de forma ficticia. Cualquier parecido con personas reales, vivas o muertas, o con hechos reales es pura coincidencia.

Este libro se vende con la condición de que no sea prestado, revendido, alquilado o distribuido de cualquier otra forma, sin el consentimiento previo del editor, en cualquier forma de encuadernación o cubierta distinta de la forma en que se publica.

www.ukiyoto.com

En cariñoso recuerdo de mis hermanos fallecidos

Contenido

Una celebración Onam.	1
Kalariyakshi - Un cuento de hadas.	7
Delirio.	12
Un examen de fin de año.	18
Un viaje a Bangalore.	23
Una charla.	28
Una complacencia diferente.	33
Interurbano.	38

Una celebración Onam.

Hoy es Thiruvonam. La celebración de oro en el dorado mes de Leo Se oyen rugidos de celebración por todas partes. Escuchando todo esto Sudha estaba tumbada en la cama. Tras respirar hondo, se levantó lentamente de allí. Luego llegó a la veranda y se sentó en la silla de plástico azul frente a su casita. La silla donde siempre se había sentado su madre. Sudha sintió un alivio indescriptible cuando se sentó en él.

Sentada allí, se puede ver la casa de su hermano mayor, que vive cerca de la suya. Ella le llama Chetan. La familia de Geetha, la esposa de Chetan, ya había acudido allí la noche anterior para celebrar el Onam con ellos.

Al cabo de un rato, la madre de Geetha bajó al patio. Aunque Geetha es mayor que ella por posición, Sudha la llama por su nombre porque son de la misma edad. Geetha también prefiere esto porque quiere ser siempre más joven, como la mayoría de las mujeres de aquí. Al verla, la madre de Geetha llamó desde allí y preguntó.

"¿Por qué estás sentado sin hacer nada allí, ven aquí en lugar de estar allí solo. "

"Sí, tía, estoy aquí sentado sin hacer nada. ¿Cuándo vino la tía?" preguntó Sudha aunque ya conocía su llegada, sólo para preguntar algo en ese momento.

"Su hermano nos ha invitado a celebrar onam aquí diciendo que para cumplir con todos. No estés solo allí, ven aquí".

"Sí, ya voy".

Después de decir eso, entró. ¿Qué destino tiene? Es invitada por su huésped a casa de su propio hermano, donde tiene derecho a vivir con toda libertad, sobre todo porque es soltera y no tiene familia propia. Cuando Sudha lo recordó, se sintió triste y decepcionada por dentro. En ese momento había una lagartija haciendo ruido en el cristal de la ventana diciéndole que su pensamiento era correcto.

¡Si mi madre estuviera allí! Qué bien podríamos haber celebrado el Onam. Incluso después de estar los dos solos, preparamos todos los platos para Onam y Vishu y disfrutamos de cada festival. Normalmente, alguno de los ancianos también nos regalaba un Onakodi (un vestido nuevo para Onam) a los dos. ¿Por qué Dios llamó a mi madre tan rápido dejándome solo? ¿Cómo podría dejar esta tierra en paz pensando en mí? Las riendas de sus pensamientos empezaron a aflojarse lentamente y, por fin, llegó hasta su madre.

No tenía a nadie que me consolara, excepto mi madre, cuando me sentía profundamente herida en el corazón o deprimida por la agonía', pensó. 'Cuando mi madre se fue, qué patética se volvió mi vida en esta casa'. El recuerdo de su querida madre, que era su único apoyo, empezó a emocionarla. Eso hizo que sus pensamientos volvieran a sus días de infancia.

Al salir de la escuela durante la época de Onam, lo primero que hacíamos era correr a recoger flores con mi hermana pequeña y mis amigos. La parte sur de nuestro terreno estaba llena de flores de distintos colores. Tenemos que recoger todas estas flores antes de que Indu y Suma vengan de la casa de al lado. Si nos ven en el suelo recogiendo flores, Alice, la de la casa de al lado, también correrá a acompañarnos. Aunque no hace pookkalam (parterre), le gusta disfrutar recogiendo flores con nosotros. Hay kakkapoove (una pequeña flor en el suelo) por todas partes... Después de recoger kakkapoove y thumbapoove (una pequeña flor blanca especial para onam) en una hoja de okra nos iremos a casa. basta con recoger todas las demás flores por la mañana. A la mañana siguiente, nuestro pookkalam será el mejor de la zona. Al recordar todo esto, volvió a suspirar.

Un día estaban recogiendo kakkapoove del terreno abandonado de su vecino Pillai. Había un estanque en esa zona desierta. Hay muchos kakkappove a su alrededor. Entonces se oyó un "boom" mientras recogían flores allí sentados. Alice y su hermana se asustaron al oír el ruido.

"Ya basta, vámonos a casa", dijo la hermana en voz baja. Dijeron que vieron salir del agua a una mujer que estaba en el estanque.

Ella también oyó el ruido, pero cuando miró, no había nadie. Pensó que debía de tratarse de alguna ilusión o algo parecido. Pero no podía creer que su hermana y Alice dijeran que habían visto una forma femenina surgiendo del agua. De todos modos, volvieron a casa inmediatamente y le contaron el asunto a su madre.

"¿Quién te dijo que te acercaras a ese estanque? Hay un fantasma de una señora que murió ahogada en ese estanque en el pasado".

"Y el fantasma, no lo digas, madre", dijo.

"Savitri, la vecina del este, fue a bañarse a ese estanque inmediatamente después de venir aquí tras su boda con Sundaran en esa casa. Más tarde, ¿quieres oír lo que pasó? Savitri fue perseguida por el fantasma de esa dama. Savitri empezó a hablar igual que aquella señora con la que no había tenido ninguna experiencia hasta entonces. Fue la suegra de Savitri quien se dio cuenta de que esa señora le era familiar desde muy pronto. ¡Debería haber visto la mirada de Savitri en ese momento! Su voz y sus gestos eran iguales a los de esa señora según su suegra. Sus ojos se mostraron con miedo como rojos y cambiados. Al verla todos se asustaron". Su madre continuó.

De tanto oír hablar de ello, empezaron a temblar de miedo. Su hermana se acercó a su madre con miedo. La madre volvió a decir que la señora había sido engañada por un Kumaran, y que había sido concebida por él. Así pues, abandonó este mundo ahogándose en el estanque y las dos almas que se habían ahogado vagaban por allí sin conseguir renacer.

"Ese fantasma sigue ahí. No vayas allí". La madre volvió a advertir.

Por fin, al anochecer, mi madre cogió sal y pimienta en la mano y redondeó sobre nuestras cabezas. Luego lo ponía en el fuego y lo quemaba para eliminar cualquier vibración negativa atrapada en nosotros. Mi padre se burló de mamá cuando vio todo esto.

"Qué locura, cualquier coco debe haber caído en ese estanque". Madre no dijo mucho después de eso. Sudha aún recuerda todo esto con claridad.

¡Oh! ¿Cómo de cariñosa era mi madre? ¡Si estuviera aquí hoy! Ahora estoy solo en esta casa en este día especial de Thiruvonnam. Las lágrimas empezaron a brotar de sus ojos sin romperse al recordar.

Dondequiera que esté el alma de mi madre, puede que esté derramando lágrimas al recordarme". Sudha lanzó un suspiro, pensando así. En ese momento vino a verla su hermano.

"¿Qué te preocupa? ¿Por qué tienes tantas lágrimas en la cara?" Preguntó.

"Nada, de repente me acordé de nuestra madre".

"¿Cuál es el problema en decir que ahora, se fue? ". Su rostro también se marchitó un poco. Entonces recuperó el equilibrio mental y dijo,

"Sudha, ven allí, podemos comer de allí." Sacudió la cabeza.

En casa de Chetan, se oye que Geetha y sus invitados hablan en voz alta y se ríen haciendo chistes un poco pesados, etc. Disfrutan felices todos juntos. Chetan quiere que me una a su grupo. ¿Pero Geetha? Dice que no estoy bien mentalmente. Entonces, ¿cómo puede permitir que me una a ellos? Suspiró de nuevo.

¿Qué ha sido de su vida? La muerte de su padre y la consiguiente inseguridad en casa, todas estas cosas habían provocado algunos cambios en ella. Su estado mental cambió. No pudo aprobar los exámenes. Algunas ilusiones, a veces en la misma postura durante largos períodos sin una palabra. Si alguien la cuestiona, explotará. Por fin, una vida adicta a las pastillas.

La soledad la dejó pensativa y triste en esta ocasión especial de hoy. Aunque ahora no me pasa nada, Geetha cree que estoy loca. ¿Cómo pueden añadirme a ellos? Si fuera su hermana la que estuviera en mi lugar, su actitud sería totalmente distinta".

Como sabemos una persona que se ha recuperado de cualquier trastorno mental en su vida, no será aceptada por nadie como antes aunque sea inocente, excepto su familia.

Sudha tiene miedo de Geetha. Su hermano también teme su naturaleza. Si hay alguna disputa entre ellos, chantajeándolo o amenazándolo, ella pondrá todo bajo su control. Si no se soluciona, empeorará la escena. De todos modos, tiene suerte, ya que su marido es orgulloso y se respeta a sí mismo y lo ocultará todo sin que lo sepan los demás. El hecho es que Sudha tiene medicina para su enfermedad si la tiene. ¿Pero qué pasa con Geetha? Nadie conoce su trastorno de conducta y lo peligrosa que es para su familia.

"Sudha ven y vamos a tomar el té." La madre de Geetha volvió a llamar generosamente.

Sudha entró sin oírlo. Se tumbó perezosamente en la cama durante un rato. Se durmió pensando en cómo estaba siendo castigada por Dios por el crimen que había cometido. Cuando se levanta, se oye el ruido de una conversación en voz alta desde el lado norte de su casa. Ammalu Amma, sus hijos y nietos están reunidos en el porche de su casa. Una de sus hijas vive con ella. Otro hijo también vive cerca, en otra casa. Si hay alguna celebración o algo por el estilo, todos se reúnen con ella allí. Entonces será como tirar una piedra en el nido del cuervo. Sudha se levantó, abrió la ventana del lado norte y se quedó mirando un rato.

Si mi matrimonio hubiera tenido lugar a la edad adecuada, también habría habido niños como esos. ¿Qué puedo decir que no sea mi destino?". Volvió a sentirse triste pensando así. Mientras miraba así, su hermano se acercó de nuevo.

"Sudha, ¿no te has bañado? Date inmediatamente un baño y ven a casa a tomar allí el té".

Pobre hombre, ha vuelto inquieto después de pensar en ella. Luego hizo algunas tareas domésticas como limpiar, y bañarse, y se fue a casa de Chetan.

"Este onamkodi es para ti." Geetha cogió un vestido nuevo y se lo dio a Sudha. Ella lo recibió, pensando que tal vez fuera suficiente para mí.

Geetha recibirá una bonificación y un anticipo del gobierno. Cuando ella fue allí, estaban discutiendo las compras onam. No quería oír hablar de ello. ¿Qué le pasa a un gato en un lugar donde se guarda el oro? Onam es para la gente que tiene parientes y dinero. Para la gente como ella, es como decir, 'incluso si hay un onam o cumpleaños vienen, las gachas de avena para el Corán será siempre en una olla de barro en sí'. ¿No la están marginando? Había estudiado bien en todas las clases y podría haber llegado alto si no hubiera estado enferma. Si alguien habla así de ella, Geetha la humillará diciendo que aquí habría sido una recaudadora.

Sudha se sentó en una silla del comedor. Los padres y hermanos de Geetha con su familia están allí. Corren aquí y allá para hacer un festín, etc. Sudha se sentó en silencio a un lado de la mesa y desayunó sola. Entonces vino su hermano y se sentó cerca de ella para hacerle compañía y empezó a hablar algo.

Sudha se asomó a la cocina. Allí se cocina bien. Sale un olor sabroso. Como Geetha no le permite entrar en la cocina, no entró. Algunos de los invitados le preguntaron algo. Sudha les contestó y volvió a casa.

Sudha sabe muy bien que la falta de cooperación de Geetha deja indefenso a su hermano. Por eso, a menudo intenta mantenerse alejada de ellos para salvar a su hermano de este desamparo. Prepara comida para ella sola. Sólo hoy recibió una invitación especial para Onam de Geetha. Como su mente no está bien, nadie, excepto su propia familia, la aceptará. Lo sabía bien y se tranquilizó. Al cabo de un rato, vio que Chetan cortaba la hoja de plátano del patio para servir el banquete y la llevaba dentro. Sudha fue allí de nuevo para celebrar una fiesta Onam a la que había sido invitada anteriormente por su hermano.

Aunque se le ha impedido poner pookkalam en estos diez días Geetha mostró cierta generosidad por lo que le permite unirse con ellos para la fiesta en este día thiruvonam. Sudha considera esto en sí como su buena suerte.

....

Kalariyakshi - Un cuento de hadas.

"Camina rápido sin decir una palabra, no mires atrás".

nos dijo Kutettan en voz baja. Íbamos de la mano a Mattappadam (un lugar donde se intercambian mercancías). Mi tío le ha confiado algo de dinero para que lo gaste por nosotros. Estamos muy contentos y entusiasmados.

Cuando le pregunté "¿Qué ha pasado?", nos dijo que no habláramos con un gesto en el que mostraba la boca tapada con la mano y rápidamente adelantó los pies y empezó a caminar con miedo. Al cabo de un rato, cuando llegaron a cierto lugar, Kuttettan (un hermano de una casa cercana) nos explicó lo que había ocurrido.

"¿No es ese el camino que acabamos de recorrer ahora? Hay un Kalari dentro de la valla en el lado norte de ese camino. Se dice que hay un hada en ese Kalari. Una figura femenina con todo el pelo suelto y vestida con un sari blanco. A mediodía, se acercará por detrás de los transeúntes y les pedirá un poco de lima. Cuando nos demos la vuelta, veremos un Yakshi con dientes largos, etc. como esperando a beber nuestra sangre. Mucha gente dice que lo ha visto".

Cuando Kuttettan dijo esto, había miedo en sus ojos. Al oír que mucha gente se escandalizaba al ver al hada, llegamos a Mattappadam.

En el pasado, antes de la invención de las monedas, existía un sistema de intercambio de productos. En lugar de dinero, en aquella época se intercambiaban bienes para sus transacciones. Como vestigio de ello, aún hoy, todos los años en Chendamangalam, un lugar del distrito de Ernakulam, se celebra una feria comercial el día anterior al festival "Vishu". Kuttettan nos llevó hasta allí y nos lo enseñó todo. Hay todo tipo de cosas antiguas como cestas, ollas, esteras, vasijas de barro y cosas así. Kuttettan me compró un barco de juguete que funciona en el agua. A mi hermano pequeño, que está con nosotros, le regalaron un coche de juguete y una flauta. Después de deambular por aquí y por allá, volvimos con un montón de juguetes, sandías, caramelos, etc. En el camino, le pedimos a Kuttettan que volviera por otro camino.

"Kuttetta, podemos volver de otra manera. Tenemos miedo de esa hada en el camino". Nadie ocultó el miedo.

No hay otro camino. Sólo debemos temer cuando vamos solos al mediodía. No tengas miedo ahora". Kuttettan nos calmó. Así que llegamos a casa.

Inmediatamente después de cerrar la escuela a mediados de verano, nos solían enviar cada año a celebrar las fiestas en la casa solariega de nuestra madre en Chendamangalam. Esta vez vinimos a pie desde nuestra casa dos días antes. Tenemos que cruzar dos ríos en transbordadores para llegar hasta aquí. Caminaremos asustados hasta cruzar el transbordador. Tras cruzar el río, nos emocionaremos y alegraremos de llegar a casa de la madre.

Nuestra abuela falleció unos años antes y entonces una de nuestras primas fue decidida por su familia a residir allí para cuidar de esa casa y de los dos tíos que entonces eran solteros allí.. Allí los tíos eran muy estrictos. Todos los sobrinos habían sido muy temidos y los respetaban. Por eso había mucha disciplina en esa casa, sobre todo cuando ellos están dentro. Siempre que estábamos allí, teníamos la costumbre de hablar entre nosotros en voz muy baja, sin emitir ningún tipo de sonido. Nuestra veneración hacia ellos era tal que incluso temíamos preguntar algo repetidamente si no podíamos entender lo que nos decían. Los niños de la casa vecina del norte también vienen a quedarse con la prima hermana hasta que ambos llegan a casa por la noche todos los días.

Kuttetten se fue a su casa después de dejarnos aquí y al día siguiente por la mañana llegó de nuevo. El tío le había encargado antes que fuera de compras cuando fuera necesario. Un día, cuando fue a la tienda de racionamiento, me llevó con él. El camino pasaba por delante de una antigua casa cristiana llamada Anelil. Antes había ido allí a recoger semillas de anchoa con un amigo de la casa vecina del este. Cuando llegamos cerca de esa casa, Kutettan, mostró a una anciana en ese bungalow en medio de ese gran terreno.

"Esa abuela no murió ni siquiera después de que el cura viniera y le diera la última kudasa".

"¿Esa abuela es un fantasma?" Mi duda fue malinterpretada por él. A Kuttettan no le gustó esa pregunta.

"Ah, eso no lo sé", dijo con resentimiento.

Caminamos contando las historias de cómo aquella abuela volvió a la vida incluso después de que le dieran la extremaunción.

Había un cantante de la iglesia que vivía en la casa del lado sur de al lado. Su hija Gressy era de mi edad, pero no quería hablar conmigo. Puede que tenga ego, ya que es la hija menor de esa antigua casa cristiana con propiedades esenciales. A las mujeres de aquella casa rara vez se las veía fuera. Si miramos desde la carretera, sólo podemos ver la planta de la cortina colgando. Una familia ortodoxa. Cuando la veo, me acuerdo de aquella niña rica, Gressy, que dudaba en compartir su paraguas con Lilly, que iba a la escuela bajo la lluvia sin paraguas, en la famosa historia de Muttathu Varki "Orukudayum Kunjupengalumm".

Tras el fallecimiento de la abuela, el tío mayor se dedicó sobre todo a rezar. El tío que creía que su madre había muerto debido a la brujería de alguien ha recurrido al bhakti para librarse de sus malos efectos en el más allá. Se levantará a las cuatro de la mañana y realizará baños y rituales todos los días. Solemos despertarnos por la mañana escuchando el canto del Naamajapam y oliendo la fragancia del sándalo.

Estando allí, un día llegó una mujer pidiendo ayuda para escribir una petición. El tío más joven, que es maestro de escuela, cogió papel y bolígrafo y me dijo que escribiera. Estaba en quinto curso y escribí lo que me dijo mi tío con buena letra. Era una petición para que su hija obtuviera un certificado de traslado para cambiar de colegio. Cuando me preguntaban: "¿No es el hijo de la hermana del señor?", mi orgullo se elevó hasta el cielo.

Un maestro de escuela LP que enseña a los niños a escribir las primeras letras de la lengua era muy respetado por la gente corriente de la sociedad de la época. He oído que un profesor universitario que enseñaba ciencias políticas en un colegio había considerado en su infancia a su maestro de la escuela LP como "el hombre más grande". Los que enseñan las letras iniciales siempre serán recordados.

    Kutettan siempre viene por la tarde. Luego, en la habitación contigua a la cocina, nos reunimos todos y hablamos de muchas cosas. Un día, durante nuestra charla, cuando describió cómo se produciría el fin del mundo mediante una lluvia de fuego, todos empezamos a temblar de miedo.

    La escuela está a punto de abrir. Tenemos que volver a casa. El tío nos dio dinero para el billete de autobús. Así que nos volvimos felices y pacíficos. No hay por qué tener miedo a subir al transbordador. Después de bañarnos y tomar gachas, nos preparamos para volver a casa. Ahora, son las 11:30 am. Nos fuimos de casa después de despedirnos de nuestra prima hermana y de nuestro tío. Dios mío, este camino es el mismo que a Mattappadam. Sólo cuando llegamos allí lo comprendí. El mismo camino por el lado de Kalary por el que fuimos a Mattapadam. Tras el puente del canal, llegamos al sendero. Cuando llegamos cerca de Kalari miramos dentro de la valla por el lado norte agitando la cabeza con miedo. ¿Es mediodía? Un viejo y ruinoso edificio parecido a un pequeño templo visto bajo llave. ¿Podría ser este el Kalari que dijo Kutettan? Nos asustamos. 'Vámonos deprisa'. Tras decírselo en secreto, empezamos a caminar deprisa. Entonces se oyó una llamada por detrás. Una voz de mujer.

" Quédate ahí".

    No vimos a nadie en mucho tiempo. ¿Cómo llegó de repente? Miré lentamente hacia atrás con los ojos entrecerrados. Sí, es una mujer.

    "Corre... también vi una figura con un sari blanco con el pelo extendido". Entonces los dos corrimos sin mirar atrás hasta llegar al banco de cemento de la caseta de espera de la parada de autobuses. Teníamos miedo incluso de hablarnos. En ese momento entró una hermana en el cobertizo.

    "¿Por qué huiste cuando te llamé? ¿No son los hijos de la hermana Bhavani?"

"Sí, corrimos pensando que era la hora del autobús", respondí.

    Esa hermana pertenece a la familia de nuestra madre y nos conocía a todos. Más tarde, cuando llegamos a casa, todos nos reímos hablando de esta estupidez. Además, se supo que es soltera y lleva una vida de monja con ropas blancas y el pelo extendido con thulasikathir en la cabeza. Ella siempre está en bhakti.

'Llevo mucho tiempo oyendo que hay un hada en esa zona, así que es mejor no ir por allí al mediodía'. Consejo de madre.

Por mucho que pensamos en por qué la Yakshi vivía en Kalari, no obtuvimos ninguna pista.

....

Delirio.

Son las nueve y cuarto. El autobús llegará en breve. Jodsna colgó su bolso, cerró la verja y salió. Echándose el chal al hombro, echó a correr hacia la parada del autobús. Si coge este autobús, podrá llegar a tiempo a la oficina. Si llegas un minuto tarde, no tienes ninguna posibilidad de coger ese autobús. El superintendente en la oficina está esperando que lleguen las 10 para marcar tarde en el libro de asistencia. Caminó a paso ligero. Mientras caminaba intentaba recordar todas las cosas que había que hacer en la oficina. La auditoría estaba a punto de comenzar. Hay que corregir todos los registros. Mientras tanto, muchas personas plantearán muchas demandas. Hay que responderles.

"¿Por qué corre Jodsna aunque sea lunes?"

Miró hacia atrás con una sonrisa. Es Basheerika, de la casa de al lado. "¿Por qué iba a preocuparse de si corría o andaba?", pensó en su mente. Pero ella no se lo dijo y se limitó a esbozar una leve sonrisa como respuesta. Así que caminó y llegó a la parada del autobús. En cuanto llegó el autobús, se agarró a él y subió. No hay sitio para subir al autobús.

'Kerioru kerioru keriniku'. ('Todos los que estén dentro deben pasar a la parte delantera') El limpiador del autobús está haciendo ruido golpeando el lateral del autobús.

Un 'Kili'(apodo del limpiador de autobuses) que no tiene tiempo para meter a la gente.

"¿Por qué intentas romper el autobús?" Alguien se enfadó con él.

Tocará el timbre para poner en marcha el autobús antes de que suba la gente. Si se ve su ruido y su comportamiento, se puede pensar que va a comprar una pastilla de emergencia. A menudo parece que el gobierno debería dar a la fuerza una formación más para conseguir el autocontrol antes de dar el carné a los conductores. Hoy en día, miremos donde miremos en nuestro país, se ven muchos trabajadores concienciados.

Cuando vuelva a casa del trabajo de oficina, serán alrededor de las 6. Una vez que consigue descansar un rato, reinicia de nuevo su "viaje" hacia sus asuntos domésticos. Luego se queda haciendo todo el trabajo en casa hasta que se duerme. En cuanto suena el despertador al amanecer, Jodsna se levanta de un salto y suele pasarse dos horas en la cocina. Sus dos hijos estudian en una escuela de enseñanza media inglesa. Su autobús escolar llega a las 7:30 de la mañana. Para su marido, tiene que salir a las 8 de la mañana. Después de prepararles la comida y dejarles a tiempo, puede sentarse tranquilamente en su mundo a solas durante un rato. ¡Vaya! Han pasado quince años desde que comenzó este viaje.

Los hijos de Jodsna estudian en la escuela más famosa del país. Sus hijos fueron admitidos en esa escuela en LKG por recomendación de un alto funcionario de su departamento. A Jodsna y a su marido se les había denegado inicialmente la admisión porque no hablaban inglés con fluidez. Por eso Jodsna intentó la recomendación. ¡Qué difícil fue para ella! ¡Cuánto se esforzó por ello! ¡Shiva Shiva! El objetivo detrás de todo esto era la admisión en clases de preparación para el ingreso y, por lo tanto, un curso profesional para sus hijos en el futuro. ¡Ahora podemos conseguir la admisión incluso en la clase de preparación si los estudiantes tienen altas calificaciones solamente! Jodsna ha visto a muchas personas que trabajan con ella luchar por ello. Por eso está tomando precauciones en este momento. Se sorprendió al ver que su amiga llevaba a sus hijos a una clase pequeña de una escuela dependiente de una famosa institución de preparación para asegurarse la admisión allí en el futuro. Pero Jodsna va ahora por el mismo camino.

En ese momento, llegó otra temporada de Onam. Como los niños tienen que ir a la escuela temprano por la mañana, aquí no se hace pookkalam. El horario escolar no es adecuado para ello y todos están ocupados a esa hora. En cualquier caso, este año Jodsna decidió hacer pookkalam con las flores disponibles allí.

"Niños, este año deberíamos hacer Pookkalam, hace tiempo que no lo hacemos en nuestro patio en Onam".

"Oh, mamá debería dejarnos en paz. Al decir esto, encendieron el televisor y se pusieron a ver series de dibujos animados.

El día del "Atham" (el primer día de la celebración) llegó al cabo de unos días. Jodsna no dijo nada a sus hijos porque sabía que no había tiempo para ellos por la mañana. El autobús escolar llegaría a las 7 en punto.

Cuando llegaba la temporada de Onam en su infancia, iba a recoger flores con sus amigas de las casas vecinas. El patio se limpiaba con estiércol de vaca. Una tía de la casa vecina solía hacer bolsas de flores con hojas de palmera para todos. En aquella época, bastaba con ir a la escuela a las 10 y volver a las 16 horas. ¡Qué competición entre amigos para hacer el mejor pookkalam!

En las vallas de todas las casas habían florecido todo tipo de flores. En aquella época las vacaciones eran los días más felices. Los chicos de las casas cercanas, con un palo en la mano, salían a la carretera en grupos para recoger flores de las casas situadas a ambos lados de la carretera. Fue especialmente feliz y emocionante recoger flores de lo alto de los muros de algunas casas sin conocerlas como aventura. Habría muchas flores de guisantes en el cercano club de Sreemoolam. La temporada de onam eran los días llenos de felicidad y emoción en su infancia. ¿Pero por sus hijos? Se puede decir que sólo ven este pookkalam (parterres) en la escuela.

Jodsna se va ahora a trabajar después de recoger algunas flores del patio y poner un pookkalam(parterre) en el porche del coche, ya que no tenía estiércol para limpiar el patio. Cuando venga por la tarde, Joyce pedirá a sus hijos su opinión sobre el parterre.

'¿Qué tal el parterre, niños?'

Los niños parecen haber visto algo estúpido. Nunca han experimentado la belleza de Onam en su verdadero sentido.

Inmersos en el mundo mágico creado por los vendedores de educación, ella y su marido lo aguantaron todo y están pagando todo el dinero que ganaron como tasas para enseñar a sus hijos en una escuela de enseñanza media inglesa. Aunque no hay muchas instalaciones, cree que las escuelas públicas son mucho mejores para el crecimiento interno y la mejora cultural de los niños. Ha visto el amor y el cuidado que se muestran los niños de los alrededores cuando van a la escuela pública. Muchos de los que han estudiado aquí han alcanzado los niveles más altos de la sociedad. Cuando su marido llegó por la noche, le habló de su decepción.

"¿No haces todo esto viendo a tus amigos? Debes sufrirlo todo sola. Por un lado, perder nuestro dinero y, por otro, cambiar su cultura. ¿No son todas estas cosas hechas sólo por ti, el n por qué esta lágrima?'. Se puso furioso.

". Permítanme decir una cosa más. Si esto sigue así, al cabo de un tiempo habrá que aprenderles el significado de madre y padre. ¿No es así como se les enseña ahora?".

Cuando escuchó esto, sintió que era lo correcto. El pensamiento actual de Jodsna es que el inglés como lengua vehicular y la preparación para el ingreso, etc., sólo deberían considerarse después de haber enseñado primero los aspectos meritorios de nuestra cultura y tradiciones. Sin embargo, no podemos ignorar el flujo del tiempo. Jodsna vuelve a pensar y prevé una educación equilibrada sin echar a perder aspectos buenos de nuestra cultura junto con la modernidad.

Hay que ganar el examen de acceso para todo. La mayoría de los padres son cautos a la hora de cruzar esa barrera con sus hijos. En el pasado, aunque influyera el dinero, sólo los que tenían un interés natural en estudiar algún curso profesional como medicina, etc. solían optar por ello. Beneficiarán a la sociedad y a él mismo. Pero hoy en día, antes de empezar la educación, los padres deciden el curso profesional de sus hijos. ¿Estos niños son marionetas para satisfacer el ego de los padres?

La escuela está cerrada por Onam. Ambos niños pasan la mayor parte del tiempo con juegos de ordenador. Jodsna compró algunas buenas revistas infantiles para que desarrollaran hábitos de lectura. Después de dos días, es Thiruvonam. Por la noche, todos fueron a la ciudad a comprar onamkodi (vestido nuevo). Después de recibir ropa nueva, los niños se alegraron y se entusiasmaron con el Onam.

Las vacaciones de Onam comenzaron en la oficina. Entonces comenzaron sus preparativos para las celebraciones de Onam en casa. El ritmo de la canción de Onam y Onakali se estaba convirtiendo en un encanto para ella. El recuerdo de las celebraciones de Onam en su infancia comenzó a aclararse en su mente. Por la tarde, en el patio de la casa del lado norte, todas las mujeres del barrio se reunían para jugar allí al onamkali. Todos juntos cantarán canciones, jugarán y verán el Onakali .. ¡Qué nostalgia!

Dos días antes, Jodsna había vuelto de la ciudad tras comprar 'Trikakarayappan' y 'thumbachedi (2 cosas necesarias para los rituales)'. Su marido siempre está muy ocupado. No tiene tiempo para nada. La víspera del onam, cuando era de noche, Jodsna decoró el porche del coche con artículos preparados para dar la bienvenida a Onathappan según los rituales.

Los niños estaban viendo la televisión. Cuando vieron en la pantalla la escena de Vamana dándole una patada en la cabeza a Mahabali, los niños se preguntaron unos a otros.

¿No es una tontería? El hijo mayor se sorprende.

'Por suerte no vivíamos en aquella época'. Dijo la hermana menor.

Al oír esto, Jodsna dijo "no es así, niños" y empezó a narrarles la historia, pero ellos hicieron caso omiso y siguieron viendo la televisión.

Quería contar a sus hijos que Vamana Murthy, que bendijo a Mahabali enviándolo a Suthalam (un lugar más grande del cielo), había nacido un día del mes de Leo y que nadie había pisoteado a Mahabali. Pero no tenían ningún interés en oírlo. La Gloria de esa fuerza influyente de la que el universo, que se compone de cinco thatwas (cinco elementos del universo) Existe, se proclama a través de muchas historias en los Vedas y los Upanishads. Una de esas historias es la de Vamanamoorthi y Mahabali. Estamos venerando esa magnificencia de la influencia en diferentes formas y diferentes imaginaciones. Aunque podemos ver el espíritu de Dios en esto, sabemos que no son Dios. ¡Qué noble concepto de Dios! Jodsna se sorprendió y emocionó más cuando pensó en ello.

En cualquier caso, en Jodsna empezó a arraigar la idea de que si comprendemos la cultura y las prácticas de nuestro país y construimos una vida de acuerdo con ellas, junto con el estudio académico, los niños tendrán humildad, sencillez, amor, comprensión mutua, etc. También estaba convencida de que debía prestarle más atención principalmente a ella. Sólo después tenemos que pensar en la enseñanza superior, como el curso profesional. Hay que vigilar a los niños y dejar que sigan su propio camino. Su marido también estaba de acuerdo con el pensamiento de Jodsna. Dijo,

"Si tienes dinero en mano, es una buena forma de conseguir tranquilidad comprando un pequeño terreno con belleza natural y empezar a cultivar con un bonito huerto en lugar de dárselo a vendedores educativos".

El día de Thiruvonam, todo el mundo se levantó temprano. Aunque los niños no estaban muy interesados, cuando se bañaron y se pusieron la ropa nueva también se emocionaron mucho. Cuando recibió con alegría a Onathappan, junto con su marido y sus hijos, su felicidad era indescriptible. En ese momento rememoró sus recuerdos y se emocionó con la ocasión junto con ellos.

"Después del Onasadya (banquete), vamos a casa del padre, ¿estáis todos listos? "Les preguntó su marido.

Al oír esto, todo el mundo se puso de nuevo de fiesta. Todos desayunaron con alegría, junto con puratti (bocadillos) superiores y sarkara que compraron en la tienda, y poovada hecho por ellos mismos. Luego se dirigieron apresuradamente a la cocina para preparar el festín de onam. festín.

....

Un examen de fin de año.

Sachin estaba sentado en el porche esperando a que llegara su hijo después del examen de fin de curso. Cuando empezó a dormitar lentamente debido al fuerte sol de la tarde, empezó a sumirse en sus recuerdos de infancia.

'El examen de fin de curso ha terminado. Ya no hace falta escuchar las regañinas de nadie, ni que el profesor te pegue, ni hacer los deberes. ¡Qué placer, vaya! La mente de Sachin empezó a saltar de alegría. En cuanto llegó de la escuela, tiró el libro sobre la mesa. Para entonces, su madre ya había llegado con el té.

"¿Qué tal el examen?", le preguntó su madre.

"No había ningún problema, ahora todo está tranquilo. Tengo que jugar unos días". dijo Sachin entusiasmado. Mientras bebía té, respondía a algunas preguntas de su madre. Después, saltó al patio.

Al principio, se dirigió al pie del árbol de mango que había crecido con un montón de ramas que se extendían por allí. Tiró piedras al árbol de mango y obtuvo tres mangos inmaduros que comió mordiendo con los dientes. Cuando su hermana se acercó, le dio uno a ella también.

Hay un amplio patio de recreo en el lado norte de su casa. Cuando la escuela está cerrada, todos los niños vienen a jugar allí. Muchos amigos vienen allí a jugar a diario. Al oír que hacían planes para jugar algo allí, se dirigió a ellos.

"Te estábamos buscando. Vamos, vamos a jugar al críquet". Alguien se lo dijo en voz alta.

Mientras tanto, alguien le quitó el mango de la mano. Jayan, el hijo de Januchechi, es el mayor de ese grupo. Es el líder que suele jugar el partido. Por sus dotes de liderazgo o algo así, su opinión suele ser aprobada por todos. Jugó con ellos hasta el anochecer. Había muchas riñas, peleas y ruido. Cuando terminó el partido, todo el mundo empezó a volver a sus casas. Aunque había anochecido, nadie en la casa dijo nada a Sachin.

Pon la lámpara. Ve a bañarte y canta a Dios", gritó mamá desde la cocina.

Tras darse un pequeño baño, entonó algunas oraciones. Entonces empezó a pensar en Mayavi, Kuttusan, luttapy, etc. a quienes había olvidado durante algunos días ya que su madre escondió esos libros debido a su examen. Así que cogió sus revistas infantiles, Balarama y Poompata, etc., y se reunió con su hermana pequeña, que estaba leyendo allí. Su examen acababa de terminar. Ahora tengo que leer todas las fábulas, los cuentos de Mulla y los de Esopo. Pensó. Encontró algunos libros y leyó hasta quedarse dormido. Al cabo de unos días consiguió dormir profundamente.

A la mañana siguiente, un ramo de flores amarillas konna en el patio oriental, como una novia divina que todo lo bendice, ataviada con ornamentos dorados, anuncia la llegada de Vishu. Cuando se levantó por la mañana y se sentó en el muro del porche, de repente centró su atención en aquel árbol.

"Mamá, ¿está Vishu cerca?"

"¿No es Vishu la próxima semana, no lo sabes?" Respuesta de la madre.

Sí, no lo sabía. Su hermano y su hermana nunca han suspendido en ninguna clase. Tampoco quería fracasar. Así que estudió mucho sin prestar atención a nada más. En cuanto oyó que era Vishu, se levantó, cogió las monedas que había guardado sobre la mesa y las contó. Después de cogerlo, salió y llamó a Sasi.

"Vamos Sasi, vamos a la tienda del norte a comprar galletas."

Sasi, que estudia en una clase inferior a la suya, estará de acuerdo con todo lo que diga. Tampoco hay problemas en su casa. Ambos fueron a la tienda del norte y compraron un paquetito de galletas saladas, las reventaron, las pusieron en el patio y se divirtieron.

La víspera de Vishu, su padre llegó con un fardo de petardos. Era un valiente que encendía petardos con la mano y los tiraba para que estallaran. Por la noche, en cuanto se encendía la lámpara, se desenvolvía el paquete de galletas.

"Dile a todos los de dentro que vengan". Orden del padre.

Su padre no enciende los fuegos artificiales sin que mi madre salga de la cocina. Ella siempre está en la cocina ocupada preparando el Vishusadya(banquete) etc. Al oír la orden del padre, todos los que estaban dentro se acercaron al umbral. Los niños del barrio también acudían allí corriendo. Durante media hora, todos se divirtieron encendiendo petardos, etc. Su madre también encendía poothiri.

"Niños, mirad la cara de vuestra madre cuando encienda el poothiri". El padre se burlaba de la madre. Cierto, el rostro radiante de antaño volvió a brillar a la luz del poothiri. Su padre lo disfrutó.

Madre siempre va a la cama sólo después de preparar vishukani (lo que se ve primero en Vishu) el día anterior. Ya había recogido un buen pepino kani del patio sur antes del anochecer.

Todos sus amigos, bajo la supervisión del líder Jayan, han preparado un plan para mostrar Vishukani por la mañana temprano a todas las casas. Todos están entusiasmados. Sachin también quería unirse a ellos. Pero su padre no le dejaba ir. Se fue a la cama aburrido. Y se durmió de repente. Estaba a punto de amanecer.

Kanikanum neram kamalanethrante

kanakakingini ....'(canción relacionada con el Señor Krishna))

Sus amigos trajeron el kani y lo colocaron en su veranda. Luego se apartaron cantando 'kanikanum neram........'. Saltó al escuchar la canción. Sobre una silla decorada hay un cuadro de Unni Kannan y una lámpara encendida. Vio pepinos, kasavu mundu y monedas en un plato. Como le había dicho su madre, cruzó las manos y rezó para que todos tuvieran todas las virtudes en el nuevo año. Su padre puso diez rupias en el plato. Cuando miró a su alrededor, había muchos amigos. Era Jayan quien llevaba el vishukani. Subió con ellos hasta la puerta de la casa y regresó a regañadientes. Vishukani ya había sido mostrado por su madre en el propio Brahma muhoortham al despertarlos ocultando sus ojos. Después, el resto de los petardos también estallaron bajo la dirección del hermano mayor.

"Vayan todos a bañarse. Después se os dará a todos el Vishukaineetam (el primer dinero que los mayores dan a los niños el día de Vishu)", dijo Madre.

Cuando llegaron después de bañarse en el amplio estanque de la parte sur, su padre, tras bañarse, ya se había sentado en el sillón de la parte delantera.

"Todo el mundo viene aquí".

Cuando oyeron la voz del Padre, se acercaron a él. A cada uno de ellos se le entregó una moneda de una rupia junto con un billete de 10 rupias......'

Sachin soñaba dormido mientras esperaba a que su hijo Rahul saliera del colegio. Ahora despertó del sueño. De repente, sintió una sensación de pérdida. Que su padre y su madre no están hoy con él. Los 3 hermanos también han fallecido. Se sintió decepcionado.

Si pudiera celebrar un equinoccio más con ellos y sus amigos, jugando, divirtiéndome, haciendo estallar petardos, etc., sólo una vez". ¿Un grito ahogado? Las lágrimas cayeron de sus ojos sin darse cuenta.

El tiempo no volverá atrás. Se calmó al cabo de un rato.

En ese momento oyó el ruido del autobús escolar. Es el último día de su examen de fin de curso. Todos los exámenes de su hijo han terminado hoy. En cuanto Rahul entró en casa, preguntó a Sachin.

"Papá, mi examen ha terminado. ¿Me regañarás si ahora juego a un videojuego? Ahora soy muy feliz".

"No hay nada malo en jugar un partido. También debes prestar atención a estudiar bien". Respondió así porque hoy en día las redes sociales no pueden ignorarse en nuestra vida cotidiana. Continuó de nuevo,

"El examen ha terminado. Vishu está llegando. Papá está pensando si este año deberíamos ir a casa del abuelo y celebrarlo allí con la familia de Cheriyacha. ¿qué dices?". Sachin les expresó su deseo y su amor.

"¿No nos aburriremos, padre?" Su hijo no está interesado después de escuchar esto

Al enterarse de la llegada de Rahul de la escuela, su mujer se levantó de la siesta y escuchó su conversación. Dijo,

"Está bien ir. Hay que ir la víspera y volver el mismo día. Hay buenos programas en la tele, pero podemos perdérnoslos, ¿por qué te sientes así, este año?". Su mujer expresó su sorpresa.

"Oh, nada. Simplemente me apetecía, no importa. Podemos ir y volver el día anterior".

Al oír las palabras de su mujer, duda de que la familia de su hermano también piense lo mismo. El tiempo se ha ido y el pasado es pasado. Aunque es duro implicar el cambio del tiempo, es inevitable. Se tranquilizó pensando que esta visión digital en este piso ya era suficiente, y preguntó a su hijo por los detalles del examen. Luego entró con ellos a tomar el té.

....

Un viaje a Bangalore.

Viajaba con mi hija en el tren a Bangalore. No hubo ningún otro problema porque había reservado el asiento con antelación. Había gente en todos los asientos. Guardé las maletas bajo el asiento y en la litera y suspiré. El tren que debía llegar a las cinco llegó con dos horas de retraso.

"La puntualidad horaria es necesaria no sólo para el ferrocarril, sino para todos nosotros" ¿Quién dijo esto? Me había aburrido de esperar en el andén. En cualquier caso, no hay un problema tan grande para mi hija. Estaba sentada en el asiento lateral mirando el móvil. Entonces, el tren silbó y llegó a la siguiente estación. Desde allí, muchas personas subieron con bultos y equipaje. Una mujer se acercó a mi asiento de enfrente. Una cara familiar en ella. Al cabo de un rato, me miraron y preguntaron.

"¿Me conoces? ¿Me entiendes?"

La conozco y también la he visto antes. Pero no recuerdo su nombre. Entonces le pregunté,

"¿Eres la hija de ese hermano que tenía una tienda de raciones en Alumparambu, he olvidado su nombre".

"Sí, me llamo Jolly y mi padre es Joseph. ¿A dónde vas?"

"Vamos con un asunto de estudio para mi hija".

Así que ambos llegamos a conocernos. Éramos compañeros de colegio. Había estudiado en la misma escuela que yo. Ahora es profesora de danza. Fue un placer conocerla. Los ancianos sienten un gran placer cuando ven a personas que estuvieron con ellos cuando eran jóvenes. Esa felicidad es indescriptible.

"¿Conoces a una de mis amigas, la actriz Santini? Está en el hospital sin sentirse bien, voy a ir allí. Está siendo tratada en un hospital ayurvédico".

Conozco a la actriz Shantini y la he visto en su juventud. Al principio actuaba en teatro. En ese momento, su matrimonio no había terminado. He visto a su padre y a su madre acompañarla cuando iban a actuar. Solían pasar por delante de nuestra casa, entonces se la conocía como "Kaitaram Shantini". Más tarde actuó en películas y adquirió renombre. Puede decirse que la vida familiar estuvo a punto de desmoronarse cuando se enamoró de alguien que actuaba con ella. Más tarde se separaron y vivieron solos, pero ella tuvo muchas oportunidades en el cine.

Pasó el tiempo y después no supe mucho de ellos, salvo verlos de vez en cuando en películas.

"¿Qué pasa con ella? ¿Actúa en películas y gana mucho dinero?". pregunté.

"¿Quién ha dicho que tenga dinero? Cuánto luchó para casarse con su hija. Incluso pidió prestado a sus coprotagonistas. Después no pudo actuar más".

Entonces me sorprendí. Le pregunté: "Desde el día que la vi, había estado actuando en teatro, pero ¿no había ganado nada? No ha ganado nada a pesar de que lleva mucho tiempo en el teatro y el cine".

"Si tuviera ahorros, ¿habría pedido un préstamo? "respondió Jolly.

A pesar de haber actuado en películas durante muchos años, por más vueltas que le daba, no conseguía averiguar cuál era el problema de su pobreza. Incluso actuó como actriz principal en algunas películas

"Las mujeres están mal pagadas. Especialmente a las actrices secundarias".

"Pero entonces sólo los hombres son suficientes en la película." Me enfadé.

Entonces a mi hija, que estaba escuchando nuestra conversación, no le gustó mi charla. Se acercó a mí y me dijo.

"'Mamá, cállate. No digas nada innecesario. Otros escuchan. No conocemos la historia de fondo de la industria cinematográfica. ¿Por qué tenemos que hablar de cosas que no sabemos?".

Entonces regañé a mi hija.

"Somos viejos amigos de la escuela; conocemos a esta actriz. Por eso estamos hablando de ello. No necesitamos conocer su historia. Dedicó su vida al arte. Al final, no hay nadie que cuide de ella, y además tiene muchos préstamos. Por eso lo he dicho. No hay nada si lo que pasó en el fondo".

Al oír la conversación entre nosotros, Jolly se echó a reír y habló.

"A mis hijos tampoco les gusta hablar así con nadie". Yo también me reí y continué en voz baja,

"¿No se debería recompensar a todos los actores por igual? Si sólo hay un héroe, no habrá película. ¿No necesitas más actores y actrices? Algunas personas son capaces y actúan con mucho interés. Se acuerda. Pero los propios cineastas deben esforzarse para que la película tenga éxito y les lleve a obtener grandes recompensas".

Entonces, cuando hablábamos de Santini en voz baja temiendo a mi hija, alguien que estaba cerca dijo,

"Cualquiera que esté interesado puede actuar si no le da vergüenza. El innecesario sentido de la moralidad y la vergüenza alejan de esto a las personas con talento".

Pensé que podía ser correcto. Antes pensábamos que había muy pocos cantantes en nuestro Estado. Ahora, cuando todos tienen la oportunidad, recordamos el evangelio de que "el más grande viene detrás, no se lo impidáis".

Entonces pregunté: "¿Recibe alguna ayuda de los cineastas?".

"Se oye que su organización regala algo pequeño. Dijo.

Desgraciadamente, algunas personas que han actuado durante cinco o diez años ganan mucho e incluso hacen obras de caridad con sus excedentes. También es posible que reciba algún tipo de generosidad por su parte.

"¿No habría que acabar con la gran distancia que separa al actor principal de los demás? La propia industria debería reflexionar sobre ello. Si el guión, la dirección y el maquillaje son buenos, la película tendrá éxito. Si hay un buen actor, será un poco mejor. ¿Por qué estos actores principales no actúan en películas malas? entonces su público los abandonará. Su éxito depende de la calidad de la película.

Puse de manifiesto las disparidades existentes en el sector, según tengo entendido. La propia industria los está convirtiendo en celebridades para su promoción. Como Jolly es profesor de danza, son muy amigos. Por eso está interesada en debatir todos estos asuntos.

"Si la película es buena en su conjunto, todo el mérito será de los actores, especialmente del actor principal. Son ellos a quienes el pueblo ve directamente. Los pobres espectadores no conocen a los que trabajaron entre bastidores".

"¿Eso significa que los héroes son estrellas de la suerte?".

"Sí, es lo mismo. Los actores principales ganan dinero con la ignorancia del público. Los escritores creativos también ven la luz a través de ellos. ¿No es así?

"¿No será por eso que se llama estado iluminado? les dije irónicamente. Luego continuó,

"Déjalo todo, ¿cómo está ahora?"

". Ahora que sigue así, tardará mucho en mejorar. Al final tendrá que vender la casa para salir de allí".

Cuando me enteré, me sentí muy triste. Yo hablé.

"Hay que acabar con esta disparidad en la industria cinematográfica. Debería haber un límite en la remuneración de los héroes y los coprotagonistas. Todos hacen el mismo trabajo. Como el jefe en una oficina, no hay responsabilidad por el trabajo de los compañeros".

Así que, para cuando nuestra discusión se hizo intensa, el tren llegó a Palakkad.

Cuando su amiga, emocionada, le cogió de la mano y se despidió de ella, su hija captó la escena con su teléfono móvil. Luego cogieron sus maletas y bajaron en la estación. Para entonces, el chico del té del tren llegó con té. Cada uno compró té y se lo bebió. La procesión de estos chicos del té se produce cuando no hay sitio para estar de pie en el compartimento general. A menudo he pensado que no basta con dejarles entrar al menos entre un intervalo de media hora. Si vemos a algunas personas, parece que suben al tren sólo para comer.

Varios pasajeros embarcaban desde Palakkad. Otra persona metió la mano en su asiento. Si nos familiarizamos con ella, podremos entender muchas otras historias. El tren empezó a moverse lentamente.

....

Una charla.

"¿No sabías que el matrimonio de la hija de nuestro Balan está fijado?"preguntó Santhamma a mi madre desde el patio de la cocina.

Mi madre y esta Santhamma son amigas desde hace años. Shankunni, el marido de Santhamma, no va a trabajar con regularidad. Se ganaban la vida criando vacas y otras cosas. Cuando envejecieron, dejaron de criar vacas tras casar a sus dos hijas. Sin embargo, solía hablar con mi madre de todas las noticias. Mi madre Leela también estaba muy ansiosa por escuchar lo que decía Santhamma.

"Oh, bueno. Cuánto luchó por vivir. Ahora está empezando a escapar. Había estado en el Golfo antes durante mucho tiempo, ¿no?

"Así es", Santhamma negó con la cabeza. La madre continuó.

"Ambas chicas son inteligentes a la vista. Tienen buen carácter y educación. A cualquiera le gustarán. Sabía que lo estaban planeando. De todos modos, es bueno. ¿Dónde van a casar a su hijo?".

Madre está ansiosa. La cara se extendió como una flor.

"Se oye que el chico está trabajando en TI. Su hija ha terminado un MBA".

Santhamma le estaba contando todos los detalles que sabía. A pesar de su edad, mi madre y ella no tienen grandes problemas de salud. De repente recordé la escena en la que un día Santhamma vino a contarle los asuntos de la boda de Baletan, cuando yo estudiaba en 4º curso en la escuela o algo así.

Una tarde, la madre estaba sentada apoyada en la pared de la veranda del lado oeste de la casa y descansando. Siempre tiene una sonrisa en la cara, que sólo oculta cuando duerme. Lo que la hace querida por todos es la sonrisa de su rostro. En ese momento, Santhamma vino a atar la cabra en el campo. Es joven. De vez en cuando viene aquí en su tiempo libre a charlar con mi madre. Se sentó en la veranda sacando las piernas al patio con su madre.

"Balan el hijo de nuestro janakichechi ha llegado desde el Golfo ahora. Se dice que está buscando una chica con la que casarse", empezó a hablar Santhamma. Mamá también estaba ansiosa por conocer su historia de hoy.

Santhamma tiene muchas gallinas y cabras, y su trabajo consiste en criarlas. Iba de aquí para allá por los campos con sus cabras para darles de comer. No dejará a nadie a su vista sin hablar. Mientras da de comer a las cabras, abraza a todos los que pasan y les habla. La tarea de transmitir toda la información que conseguía a mi madre sin dejar rastro continuaba sin órdenes especiales de nadie. Madre tenía mucho afecto especial por sus ovejas y era su costumbre coger y guardar cáscaras de fruta, etc. para dárselas. Santhamma era bastante gorda y alta, con el pelo negro y rizado. El extremo de la parte delantera de su blusa se veía siempre abierto sin utilizar allí un imperdible.

"¿Qué pasa, no hay dos chicas? ¿Por qué intentan casarlo antes que a ellas?", compartió su preocupación la madre.

"Quieren verlo casarse. Dicen: 'Las chicas han estudiado bien, que busquen trabajo'. ¿Qué podemos decir? Es correcto. Que las niñas se busquen la vida a su antojo. Los vecinos dicen que ahora Januchechi está muy orgulloso tras su llegada".

Mientras tanto, Madre le tendió el bote de betel. Tras masticar el betel y hablar un rato, se marchó. Santhamma tiene que venir a ver a mi madre para pasar alegremente su tiempo libre.

Hacía dos años que Balan no iba al Golfo. Aunque había aprobado el pregrado, al morir su padre tuvo que dejar los estudios y trabajar en la tienda de su tío. Fue una época en la que la gente común empezó a ganar dinero yendo a Persia. Así fue como Balan empezó a sentir la lujuria del Golfo. Un día le dijo a su madre.

"Mamá, no se gana nada con ir a esta tienda y trabajar. Actualmente no hay ninguna posibilidad de conseguir un empleo público. Estoy pensando en ir a Persia... ¿voy? ¿Cómo voy a ganar dinero?

'Si vamos a La Meca, conseguiremos un puñado de oro, pero tenemos que ir a La Meca' Ese era su sentimiento interior. Sin embargo, dio todo su apoyo a su hijo.

"Así que, si tienes ese destino, no puedo detenerte. Ve a ver al Gulfkaran (apodo de un Pravasi) que mencionaste y pregúntale si puede tramitarte un visado".

Así, esa madre y su hijo también conocieron a un agente a través del Gulfkaran. Era un fraude. Sin darse cuenta, pidieron prestado todo el dinero para ir a Gulf y se fueron a Bombay.

"Janakichechi envió a su hijo a Persia sirviendo en la casa de ese Gulfkaran".

Cuando Santhamma fue a buscar agua de avena para las cabras, se lo contó a su madre en secreto. La madre de Baletan ya se lo había dicho a mi madre y conocía todos los asuntos. Así que la conversación no duró mucho. Pronto Balan fue al Golfo. Santhamma es un visitante regular de la casa de Baleton, así como aquí.

"Le he dicho a Janakichechi que, como nuestra Devassi, debería intentar derribar la casa, reconstruirla y organizar bodas para sus hijos".

Se jacta de haber enseñado a Janakichechi a gastar dinero. Por culpa de esas discusiones innecesarias no pudo ganar mucho. Ese pobre hombre vagó por Bombay durante un mes. Luego siguió al Gulfkaran y de alguna manera llegó allí.

Se fue al golfo soñando con un sueldo alto y un buen nivel de vida. Pero tuvo que llegar a una pequeña empresa en lo alto de una montaña con un salario bajo. Por desgracia, también tuvo que trabajar bajo el calor del sol. Luego culpó a la decisión de ir allí. Sin embargo, hubo cierto alivio. De todos modos, no tuvo que volver de Bombay. Así comenzó allí su miserable vida de expatriado.

Enviaría dinero todos los meses. Será suficiente para pagar la deuda y los gastos diarios. Mamá solía esperar la llegada del cartero para recibir una carta. si hay una carta certificada, el cartero estará muy contento. Sabe que será un cheque. En su felicidad, le dará algo al cartero. De este modo, de todos modos, completó dos años. Ahora Santhamma le habla de su regreso sentándose en la veranda con ella.

Pidió prestado algo de oro y dinero a uno de sus amigos. Cuando escribe una carta a su hijo, siempre le recuerda su boda. Así, un día pasó un coche por delante de su casa y se bajó de él con un equipaje de ropa, material de maquillaje, una grabadora, etc. Mi madre fue la primera en verlo.

"Balan ha venido con poner dos cajas atadas en la parte superior del coche", dijo la madre a todos en la casa.

Al día siguiente, cuando Santhamma fue a verle, le dieron un jabón extranjero. también escuchó los detalles del golfo. Entonces aquello parecía un festival. Quien entraba allí, abría y mostraba la caja que se traía. Las dos chicas empezaron a ir al templo con saris extranjeros. De la grabadora salían canciones en hindi. Janakichechi estaba siempre ocupada. Mientras tanto, también comenzó la búsqueda de una niña.

Todos empezaron a mirar a Balan con gran admiración. Porque el Golfo se ha convertido en un lugar para ganar dinero para todos, especialmente para los trabajadores no cualificados. Devassi, el hijo de Eusep, en paro, sin estudios ni dinero, se fue al Golfo a ganar dinero como cantero. Podía ganar mucho y casó a su hermana Annie con un hombre rico. Derribó su vieja casa de dos habitaciones y construyó una casa grande. Al cabo de un tiempo, compró el terreno que rodeaba la casa y lo añadió a ésta. También se casó con una chica guapa. Aunque el Golfo era un lugar para ganar dinero, también requería suerte. Todos los que van al Golfo no corren la misma suerte.

Aunque Balan no tenía muchos ahorros, no le faltaba orgullo. Su tío le propuso casarse con la hija de un hombre rico. Aunque no tenía dinero, era guapo y bonachón, así que les caía muy bien. Por lo tanto, ese matrimonio se realizó con dinero prestado. Tras casarse de nuevo, regresó al Golfo.

Después fue un "matrimonio de papel" durante aproximadamente un año. Los teléfonos eran muy raros en aquella época. En los primeros tiempos, gente como Balan había ido y construido el abismo que se ve hoy. La generación actual va y lo experimenta.

Así, mientras continuaba con ese trabajo, se dio cuenta de que el sueldo que cobraba no sería nada y se puso a trabajar por su cuenta sin permiso. Mientras lo hacía, la policía lo atrapó y se dice que volvió a casa con suerte. Alguien que estuvo con él en el Golfo contó esta información allí. Santhamma se lo contó en secreto a mi madre y se preguntó por la pérdida de su trabajo.

"Leeledathi, aunque venga un gato a casa, tendrá suerte, ¿no? "Madre se quedó indiferente sin dar ninguna respuesta.

A partir de entonces, la vida de sus hermanos cambió por completo. Si perdemos algo fuera, ¿no reaccionamos con nuestra madre en casa? Entonces Balan se aisló de la familia y empezó a vivir sólo pendiente de sus asuntos. Dudó en volver a su antiguo trabajo y probó muchos otros. Mientras tanto, también nacieron dos hijas. Gracias a la suerte de esos niños, consiguió un pequeño trabajo fijo en la Comisión de Servicios Públicos. Así, consiguió cierto alivio para sus sufrimientos. Enseñó bien a sus hijos. Ahora el mayor está bajo propuesta de matrimonio.

Cuando el amor y los cuidados de Balan empezaron a perderse, las vidas de su madre y sus hermanos se volvieron miserables, que se movían en otra dirección. Se convirtió en una historia diferente,

Ahora Santhamma sigue de pie en el patio.

"No te quedes ahí y entra". La madre la invitó a sentarse.

"¿Qué se le da a la chica como dote?" Madre tenía prisa por saberlo.

"No preguntaron nada. He oído que hay 30 Pawans en su mano. Aunque era tarde, consiguió un trabajo en el gobierno y escapó. Pero ahora la vida es muy difícil para los otros niños y para Janakichechi". Después de decir esto, Santhamma estaba a punto de marcharse de nuevo.

"No te vayas, vamos a tomar un vaso de té". La madre volvió a insistir. Ella accedió y subió a la veranda.

....

Una complacencia diferente.

Ramettan caminó lentamente por el lado del arrozal que termina en un sendero. Si caminamos un poco por ese sendero, llegaremos a una casa grande. En cuanto llegó allí andando, empezó a emocionarse, estiró las piernas y caminó deprisa. Pisando los adoquines, llegó a la puerta de aquella gran casa. Se puso muy contento al llegar allí. Es la casa de su hermana menor Vimala. No hay nadie en el porche. Se siente un poco como una atmósfera vacía allí. En una estera, el arroz se seca en el patio. Presionó con el dedo la factura de la llamada.

Aunque era la casa de su hermana, hacía mucho tiempo que no venía por aquí. Ahora ha venido a invitar a la boda de su hijo. Es festivo, así que ha venido hoy pensando que todo el mundo estaría en casa. Como su hermana y su marido son empleados, no verá a nadie allí entre semana. Los dos niños irán a estudiar.

"Ah, Rametta, ven y siéntate". Vishwam, el marido de Vimala, abrió la puerta y le invitó cariñosamente. Ramanadhan es su cuñado y parece que esperaba una llegada así. Tomó agua del kindi (una olla) colocado en el porche, se lavó los pies y entró.

"¿Estás cansado de caminar?" En cuanto Vimala lo vio, preguntó por su estado de salud. Se sintió muy feliz de verle.

"Mientras caminaba por el campo con una agradable brisa, no me sentía cansado". Habló.

Entonces Vimala fue a la cocina y vino con té. Además, sus dos hijos también se acercaron y empezaron a hablar. Se alegraron mucho de ver a su tío. Mientras compartían sus asuntos familiares y discutían los detalles de la boda, Vimala se levantó y fue a la cocina. Trajo un mango grande después de cortarlo en trozos. Era muy dulce y grande como un coco y todos disfrutaron de su dulzura.

"No era necesario que vinieras a invitarnos, aunque no hubieras venido, habríamos estado allí".

Al oír estas palabras de Viswam, pensó: "Si no digo esto ahora, su reacción puede ser otra". De todos modos, respondió,

"Oh, no importa."

Después de tomar el té e invitar, Rametan bajó al patio y observó su casa y los alrededores. Allí vio un jardín de nogales de areca, el pajar, el establo, etc. Vishwam y sus hijos también se unieron a él. Diferentes tipos de verduras como la tapioca, el plátano, el árbol del mango, el árbol del jackfruit y la okra han reverdecido todo el campo. Una casa acomodada con una antigüedad. Todo ello es fruto del esfuerzo de sus antepasados. ¿Pero no sientes un vacío en alguna parte? 'Es la satisfacción y la alegría de una mujer lo que se convierte en la luz de cualquier hogar', pensó para sí. Cuando se levantó para irse después de descansar un poco, Vimala dijo.

"Vamos mañana hermano, ha pasado mucho tiempo después de aquí, ¿no?" Vishwam también la apoyó.

Al oír esto, Ramettan se quedó pensativo: "En cualquier caso, he venido aquí después de mucho tiempo. Ahora estoy cansado de ir a muchas casas. Por lo tanto, es mejor quedarse aquí hoy. Luego dijo,

"Hay algunos sitios más a los que tengo que ir. Pero si ese es tu deseo, pues que así sea".

Cuando Vimala lo oyó, se emocionó mucho. Es su hermano mayor y el encargado de protegerla. Pero tiene un marido que no le da ni a ella ni a sus hijos la oportunidad de recibir esa protección y ese amor de su parte.

Como estaba contenta de tener allí a su hermano mayor, se dispuso rápidamente a cambiarle de vestido y a prepararle la cama para que descansara. Cuando terminó todas las tareas domésticas, vino sola y le preguntó por su madre y por los detalles de la casa. Más tarde, empezó a verter sus quejas y frustraciones. Escuchaba todo con indiferencia porque ya lo sabía todo sobre él. Viswam siempre es así y no ha cambiado. Nadie le hablará de sus quejas. Hablar no tiene importancia.

Era de noche. Luego todos se sentaron a ver la tele y a hablar de las cosas del lugar durante un rato. Vishwam hablaba sobre todo de la dificultad de la agricultura. Entre tanto, también mencionó la desobediencia de Vimala. Ramettan no fingió oírlo. Pronto todos cenaron y se fueron a dormir a sus respectivos lugares. En aquel momento, Ramettan y Vishwam estaban sentados un rato en aquel sofá y empezaron a hablar de sus viejos asuntos.

Al cabo de un rato, Vishwam se levantó y fue a la cocina. Luego estuvo sentado allí solo durante un rato observando y escuchando su vida. Entonces se puso a pensar. ¿Cómo de lista era su hermana Vimala? Se dedicaba sobre todo a actividades sociales y culturales. Estudió bien y consiguió un trabajo pero qué pasa, la pareja que consiguió, es una persona sin ninguna virtud. Sólo ama sus posesiones y sólo tiene sus gustos y disgustos en la vida. Al igual que una vida mecánica. No tiene interés en ningún asunto externo como el arte y la literatura, etc. En su opinión, se dice que todos los artistas se mueren de hambre. Pero los dos niños son bondadosos y obedientes con él. Como han crecido viendo su carácter rígido, aceptan sus órdenes sin vacilar.

Así que, pensando en todas estas cosas, se recostó en aquel sofá y cayó lentamente en un sopor. Durante su estupor, las imágenes de Viswam y Vimala comenzaron a parpadear en su mente......

Está revisando la cocina. Son las 10.15 pm. Siempre es así. Su propia casa. ¿No debería quedárselo? ¿Y si su mujer se descuida?

Incluso el billete de autobús, que había conseguido viajando en autobús durante sus estudios, llevaba mucho tiempo apilado en su escritorio. Viswam sabe algo de reparaciones eléctricas y su casa está llena de aparatos eléctricos inservibles. Incluso si alguien viene a recogerlos, no se lo da. Guarda todo lo que considera tan valioso como el oro. Lo necesita todo. Si viene algún mendigo, no dudará en echarlo. Tiene por costumbre mantener las ventanas y puertas de la casa siempre cerradas de forma segura.

Si tenemos dinero, podemos vivir. Hoy en día, hablar de "moralidad" no tiene nada de grandioso. Este es su principio de vida y, sin decirlo en voz alta, intenta enseñárselo también a sus hijos. Tiene una habilidad especial para mantener a los niños cerca de él manteniendo a sus parientes a distancia. Vimala es todo lo contrario a él y no le gusta ninguno de sus hábitos o prácticas.

"¿Por qué no das cosas innecesarias si hay gente que las necesita?". Le preguntó una vez.

"Aquí nadie pedirá nada. Incluso si alguien viene, él no les dará. Entonces dirá así: 'No quiero dar de comer a nadie'. No he hecho un plan para alimentar a todos. Si no tienen nada, es su destino. ¿Qué necesito para eso? Quiero disfrutar de lo que Dios me ha dado. No se lo daré a nadie'. ¿Qué puedo hacer entonces?"

Tras oír su respuesta, no dijo nada más. También tiene un empleo con un buen sueldo mensual, va a trabajar puntualmente y hace frente a los gastos necesarios con los ingresos que obtiene. Es estricto en todos los asuntos. Como su padre no tiene trabajo, él tiene la responsabilidad de cuidar de sus padres y hermanos. Tiene muchas ganas de gastar para la familia sin que su mujer lo sepa. Puede decirse que no tiene otro mundo fuera que su propia casa.

"No quiero nada de nadie, y nadie tiene que esperar nada de mí". Esta es su otra política. Ni siquiera le gusta que nadie, salvo su familia, vaya a esa casa, sobre todo los que necesitan algún tipo de ayuda. Por eso nadie de su familia viene aquí muy a menudo.

Vimala tiene suerte, ya que tiene trabajo e ingresos. Se ocupa sobre todo de todos los gastos de la casa. Si quiere usar algo según sus preferencias, tiene que comprarlo ella misma. Como un gato con los ojos vendados y bebiendo leche, después de utilizar todos sus ahorros de cualquier manera allí, dirá sin ningún reparo: "¿Te he pedido algo de tu dinero?".

Eso sí, si ella le pide dinero para gastar después de darle su sueldo, él lo tirará enfadado. Así que empezó a gastar ella misma. Después de disfrutar de todos sus ahorros, él se comporta con ella en plan 'Aquí no tienes nada, todo es mío', y como es arrogante, ella no puede decir nada en su contra. Su naturaleza es explotada sobre todo por su hermana y su marido, que le colman de amor. ¡Pobre, hermana mía! ¿Cómo está sufriendo todo esto? ¿Qué habría sido de su vida si no hubiera tenido ninguno de sus ingresos?

Aunque es así en casa, fuera es decente. No habla demasiado y es mala persona cuando se enfada. Mucha gente que le conoce de cerca le tiene miedo. Cuando se piensa en ello, es verdad. ¿No son mucho más poderosas las palabras de los que no hablan?".

Así, pensando en él uno por uno, mientras dormitaba en el sofá Vimala se acercó a él y llamó suavemente. De repente se levantó de su letargo.

Vishwam comprobó las puertas y la verja varias veces y se fue a dormir tras garantizar la seguridad. Lo guarda todo sin ningún propósito. No se sabe a qué se debe. En cuanto a Vimala, vive su vida haciendo sus asuntos sin prestarles ninguna atención. Cuida de sus "posesiones" y logra la autosatisfacción. Afortunadamente, aunque no da ninguna satisfacción a su mujer, se preocupa por sus hijos y también está muy satisfecho de sí mismo. ¡¡Diferentes expresiones de satisfacción!!

Vimala ya había preparado instalaciones para dormir en el salón. Una sábana preciosa. Agua en una jarra para beber. Dispone de todas las comodidades. Cogió un vaso de agua y bebió. Luego se fue a dormir.

A pesar de que hay de todo, la vida era aburrida porque no sabía cómo comportarse correctamente. ¿Quién puede aconsejar a Vishwam? Se dio la vuelta, se tapó con la manta y empezó a dormir pensando de nuevo en el destino de su querida hermana, que intenta encontrar satisfacción en la jardinería, etc., y de su marido, que encuentra autosatisfacción en su egoísmo y su ego.

....

Interurbano.

Athirakutty es la hija menor de Raghavan Kaimal y Meenakshi Amma. Tras terminar sus estudios de posgrado en el Maharajas College, mientras Athira se quedaba en casa, sus padres se ocuparon de casarla y empezaron a buscarle proposiciones de matrimonio. Después de entrar en el sitio matrimonial y registrar el perfil, su padre empezó a buscar en este sitio un buen novio. Fue entonces cuando un día su madre le dijo que alguien venía a verla. Cuando lo oyó, se preocupó mucho y fue a ver a su madre y le dijo.

"Mamá, sólo cuando consiga trabajo estaré lista para la boda. No pienses en nada ahora".

"Quiero prepararme para un examen bancario. Tengo que conseguir un trabajo. ¿Cómo voy a vivir sin trabajo en estos momentos, mamá?", volvió a decir.

La madre no tenía nada que objetar a su opinión. Ella habló.

"Vale, necesitas un trabajo. Mientras tanto, si llega alguna buena propuesta, entonces se puede hacer. Ahora ve a entrenar".

"Mamá, ahora nadie quiere verme", volvió a decir.

Más tarde fue a ver a su padre e insistió. Por lo tanto, esa idea se quedó ahí. Tiene razón. En lugar de pedir dote en el pasado, ahora incluso las familias pobres buscan también chicas que tengan trabajo y sus ingresos.

De todos modos, Athira empezó a ir a entrenar al banco. Más tarde, al aprobar el examen del banco con una alta calificación, fue seleccionada como subdirectora y se incorporó a la sucursal del Banco de Baroda en Palakkad. Fue allí donde conoció a Sreenath, el vecino de la casa de su madre, como su subordinado. Era hijo de Rajalakshmi, del Sreenilayam, la casa del lado sur.

"Buenos días, señora, ¿no me conoce?"

"Oh, lo sé. ¿No eres del Sreenilayam? ¿Y tus padres? Así que volvieron a conocerse.

Aunque se conocían, no habían hablado hasta hoy. Hay una pequeña travesura de Dios que Athira fue capaz de convertirse en el superior de Sreenadh. ¿Qué es eso? Volvamos a la infancia de Athira para averiguarlo.

Estudia en la escuela LP. Durante las vacaciones escolares, Athira estará en casa de su madre. Allí viven una abuela, un tío, una tía y sus hijos. Después de las vacaciones allí, sólo vuelve cuando se abre el colegio. Se pasa el día jugando con los hijos de su tío y paseando detrás de su abuela. Por la noche, todos cuentan historias, cantan canciones, etc. Duerme en la habitación del lado sur de la casa. La abuela estaría con ella para todas sus travesuras. Tío y tía dicen que la abuela tiene el doble de energía cuando llega a Athiramol. Esos días con su abuela son un tesoro de recuerdos.

Si se abre la ventana del dormitorio mientras están tumbados en la cama, se puede ver el Sreenilayam, el hogar de Sreenadh en el sur. Cuando amanezca nadie en la casa se despertará excepto su abuela. Entonces, la luz de la cocina de esa casa del sur empezará a filtrarse por el cristal de la ventana de la habitación. Si te tumbas y prestas atención allí se puede oír el sonido del baño. A veces pueden oír la voz de su madre diciendo: "Báñate, niño", y "No agitéis el agua del estanque, niños, etc.". Hay un gran estanque en la zona de la cocina para que se bañen. Está rodeada de un suelo arenoso sedoso y el agua es verde con pequeños musgos.

En cuanto su madre Rajalakshmi se levanta, va primero al estanque. Tras bañarse, cambiarse de ropa y empapar la ropa sucia en jabón, entrará en el interior. No entrará en la cocina sin haberse bañado. Cada mañana, los niños y el marido se bañan primero. Cuando llegue el día, todos, excepto la abuela, estarán "frescos como en el jardín". La criada vendrá más tarde a lavar toda la ropa empapada. Bañarse, Thevaram, Sandhyavandanam y Murajapa (rituales) forman parte de su rutina diaria.

Antes de que amanezca, el placer de bañarse en el estanque en ese ambiente tan agradable es diferente. El sonido de su baño y algunos "sonidos kalapilas" suelen despertar a Athira por la mañana. Cuando se levanta y se sienta en la veranda del lado este, se ve que Sreenath, el hijo mayor de la casa, se dirige al templo por el camino que pasa por delante de la casa con un pequeño cubo de acero lleno de flores. A veces le acompaña su hermano Harish y otras su hermana Shobha. Entonces serán casi las seis. Los tres caminaban mirando hacia abajo sin dejar hablar a nadie. Su tía le llama en secreto señor "Keezhottunokki" (el que mira hacia abajo). Para ella es un placer verlos caminar hacia el templo esa madrugada.

Este sreenilayam es una gran casa ancestral. La abuela de Sreenath con la madre de la abuela y su hermana y también con un tío solían vivir allí hace muchos años. Había un joven llamado Raman Nair como cocinero en la cocina en ese momento para hacer la comida para ellos. Era muy guapo y cualquier mujer se fijaba en él. Tenía un pecho bien desarrollado, un cuerpo corpulento con bastante altura y un discurso muy humilde. También tenía una habilidad especial para preparar comida deliciosa. Al verlo, Malathikutty, la hermana menor de la abuela, se enamoró del cocinero. El revuelo que se armó allí fue indescriptible cuando se conoció la relación e inmediatamente se despidió al cocinero. La abuela empezó a aconsejar a su querida hermana.

"¿Casarse con un soodran? ¡Shiva Shiva! Casta, ¿cuál es su trabajo, qué hay en su casa? Deja eso también, ¿conoce el murajapam o Thevaram, etc.? ¿Cuál es el trabajo de su clan? El niño debe olvidarlo".

La casta no era un problema para ellos. Es un cocinero pobre y no tiene dinero. ¿Cómo pueden tolerar esto? Malathikutty está ahora desesperada y no se baña, ni come, ni duerme. Siempre pasa el tiempo ociosa y tumbada en la cocina y en Patthayapura. Hicieron todo lo posible para romper esta relación. Pero no hubo cambios para Malathikutty. Finalmente, dijo.

"Vale, no quiero casarme, pero no me obligues a casarme otra vez".

Y así pasaron los meses. El cocinero después de ir de allí comenzó una tienda de comestibles. Todo el mundo pensó que el capítulo había terminado. Malathikutty empezó a ir al templo como de costumbre. Pero fue otro comienzo. Él vendría cuando ella fuera al templo. Empezaron a verse de nuevo. Finalmente, un día bajó con él. Esta es la historia de la hermana de la abuela. Más tarde llegaron allí sólo cuando murió su abuela. El tío y su familia también habían ido a casa de su mujer.

La abuela de Sreekuttan es una anciana con el pelo como una bola de algodón. Su marido murió antes. Su atuendo habitual es una rauka (blusa) blanca y un pequeño mundu. Tiene tres hijos. La hija mayor vive en Vadakara. La segunda hija, Rajalakshmi, y su marido e hijos están con ella. El marido de Rajalakshmi trabaja en el Tribunal Supremo. Sus hijos son Sreekuttan, Harikutan y Shobha.

A Athira aún se le hace la boca agua cuando recuerda cómo recogía mangos del patio del sur de su casa durante la temporada del mango, los metía en la ropa, les echaba sal y se los comía todos. Si alguien va allí, se puede ver que hay lleno de árboles, plantas y flores en todas partes., y también se puede sentir las bendiciones de Dios con la presencia de personas nobles y puntuales allí. Si los hijos de la hija mayor también llegan en el momento de las vacaciones escolares, entonces hay una gran celebración.

Cuando su abuela suele ir al Sreenilayam, no entra directamente y se dirige a la veranda oeste por el lado sur. Cuando ella estaba allí, también venían los de dentro. Luego, sentándose en la veranda, se ponían a hablar. Si ven a Athira, dirán,

"¿No es esta niña la hija de Saraswati? La misma cara". Entonces sacudirá la cabeza.

Entonces le traerán y le darán algunos dulces. Athira se sentaba con su abuela durante algún tiempo para escuchar su historia. Luego recogía hojas, mangos, mentas de los setos y todo lo que podía hacer en el patio.

Es un bonito y amplio patio de arena. Quiere correr y jugar en el patio pero no hay nadie que la acompañe. Los niños de allí no bajan a jugar con ella. Interactúan con los que vienen de fuera deteniéndolos en el patio. Si ellos también bajaran al patio, ¡sería divertido jugar! Pero vendrán a la puerta y se quedarán mirándola. ¡Lakshmana Rekha! Antes, eran los familiares de la abuela quienes lavaban su ropa. Por eso se comportan así. Se lo dijo su abuela cuando le preguntó. Volvían felices después de comprar algunos regalos como mangos o jaca, etc., que su madre le daba para llevar a casa.

Así, la infancia de Athira fue una época en la que Sreekuttan y su familia eran tratados con gran respeto por todos. Más tarde, cuando entró en el instituto y en la universidad, no fue a casa de su madre para quedarse.

Mientras tanto, Sreekuttan estudió y aprobó su MBA. Consiguió un trabajo en el Banco Palakkad. Siempre va de Thrissur a Palakkad en tren. Los abonos se los ha llevado él. La madre preparará toda la comida por la mañana y se la dará en una caja tiffin. Aunque su abuela es mayor, no ha perdido un ápice de seriedad. Sigue siendo ella quien se encarga de la administración de la casa y, cuando se pone el sol, limpian y sacan brillo a las lámparas de araña para iluminarlas.

Sreekuttan sigue yendo al templo por la mañana. Los días que no va, su madre le permite salir de casa sólo después de rezar en la sala de puja. Cuando el tren llegue a Thrissur, mucha gente se bajará. Entonces seguro que consiguen un asiento. Siempre hay un grupo grande para ir a trabajar en este tren junto con él. En la mayoría de los casos, todos ocuparán el mismo compartimento.

Ahora ya no es ese Keezhottunoki Sreenadh que habíamos conocido hasta ahora en el viaje. Todos hablan con bromas y carcajadas. Allí hablarán de todo lo que les interese, incluidos asuntos de oficina, noticias de actualidad, etc. Una vez que llega el tren Shornur, es sólo su mundo.

Es muy agradable ver a algunos de los oficiales de ese grupo llevar el desayuno de la mañana envuelto y tomarlo sentados frente a frente en el tren y compartiendo las noticias. Maria Fernandes es una de ellas. Siempre viene después de desayunar. Pero siempre lleva un paquete en la mano. Todo el mundo lo tomará y se lo comerá. Es soltera y trabaja en el departamento de aguas. Buena elocuencia. Sabe de todo. Su tez dorada, sus gafas redondas, su pelo largo, su cuerpo suave como una flor y, sobre todo, sus conocimientos la convirtieron en la niña mimada del grupo. Sreekuttan y ella son buenos amigos. Incluso después de bajar del tren, ambos tienen que ir en la misma dirección. Así, se convirtieron en compañeros eternos. Tiene por costumbre guardarle el sitio a María o buscarle un asiento al lado cuando ella está lejos. Ahora, sin ella, no se divierte y se aburre.

Al cabo de un tiempo, ambos se enamoraron profundamente. Al darse cuenta de la profundidad del flujo de amor en su snehathoni(barca del amor), finalmente decidieron casarse.

María no se enfrentó a ninguna gran oposición en su casa. ¿Pero si hablamos de él? Se puede decir que eran muy conservadores. Todo lo que ocurrió después en esa casa es indescriptible. Todas las rutinas habían desaparecido en esa casa. Sólo hubo una comida durante días. Durante un mes ni siquiera se dirigieron la palabra. Sreekuttan está hablando sólo con su padre ahora. A pesar de todo, Sree no estaba dispuesto a rendirse. Dijo con una decisión firme.

"Si no aceptas, me casaré con ella por registro, la traeré aquí y haré que se quede".

Puede decirse que aceptaron su amenaza. Con eso, le dieron la razón al matrimonio. Así pues, el matrimonio se celebró en una sala cercana. Sólo los familiares muy indispensables de Sreenadh asistieron a la función.

La familia de Sreenath, que solía mantener a los forasteros y especialmente a otras castas en su patio, vive ahora con una chica cristiana llamada Maria Fernandes. ....

Después de levantarse temprano por la mañana, después de tomar un baño y Thevaram, Sri todavía ir al templo. El domingo también irá a la iglesia con María. Cuando decidieron casarse, se habían hecho una promesa.

"Sree puede vivir según tus costumbres, pero yo tengo que ir a la iglesia los domingos. Es obligatorio para mí".

"Sin duda, te llevaré."

Sree estuvo de acuerdo. Fue un acuerdo entre ellos. Incluso si se le dice a Sri que cambie de religión, tal vez acepte. Ahora, frente a él, sólo está su sonrisa, que brilla como un arco iris.

Pasaron los meses. No hay herida que el tiempo cure. La oposición de la familia empezó a reducirse. A María empezó a gustarle la nueva vida. Empezó a disfrutar de sus rituales, Kavu, templo, Tulasithara, etc. Cambió su nombre por el de "Meera Sreenath" según su propia elección y empezó a seguir el estilo de vida de Sree. Ahora Sreenadh y Meera van juntos al templo.

"No hay lugar para la casta o la religión en nuestra vida, mientras haya amor. Aquí no falta el amor". Esto es lo que dice su madre cuando alguien habla de esta relación.

"Vive igual que aquí. Si se acepta el modo de vida, la vida puede ser cómoda en cualquier religión", se consolaba también la abuela al decirlo. De todos modos, su vida matrimonial avanza con fuerza. ¡Con las bendiciones de todos!

Así, Sreenadh el miembro de esa familia ortodoxa, a quien la familia de Athira llamaba con el nombre de Keezhotunokki en su infancia y que la mantenía alejada no permitiéndole entrar en su casa y también que mantenía a los forasteros en su patio ¡ahora trabaja como su subordinado después de casarse con alguien de una religión diferente! ¿Qué se puede decir, salvo una pequeña travesura mostrada por Dios durante el viaje en tren?

....

El Cielo y el Infierno.

Esta es una vieja historia.

Un día Bhagavan (el Señor) estaba descansando en Vaikundam. Entonces se oyó un grito procedente de algún lugar. Bhagavân se dio cuenta de dónde venía. Entonces Bhagavân comprendió inmediatamente que el llanto procedía del infierno. Inmediatamente, Bhagavân fue al infierno para averiguar qué ocurría allí. Entonces varios habitantes del infierno vinieron corriendo hacia Bhagavân y se agarraron a sus pies diciéndole que les salvara de este infierno y empezaron a rezar en voz alta.

Todas las vistas que se veían allí eran muy lamentables. En muchos lugares, los árboles estaban talados y secos. En algunos lugares, los ríos se secaron y la gente vagaba en busca de agua potable. en otros lugares, las colinas y montañas quedaron destruidas. Se veían carreteras agrietadas y tuberías con fugas por todas partes. La naturaleza también perturba a los seres vivos con sus vibraciones. Mientras la basura se amontona, la gente camina con la nariz tapada y la atmósfera está totalmente contaminada. Por un lado se compra oxígeno para respirar, mientras que en algunos lugares se compra agua para beber en botellas. La basura, como el plástico, se amontona y se quema. En la mayoría de los lugares se observó carbón, humo tóxico y atascos.

Todas las personas son pacientes de estilo de vida. Por un lado, la naturaleza está destruida y, por otro, algunas personas se acosan, atacan y asesinan unas a otras. Bhagavân vio toda clase de pecadores, como faltadores a la verdad, malversadores, falsos testigos, ladrones de oro, ladrones de ídolos y adúlteros. Por todas partes llegaban noticias de corrupción, crueldad e iniquidad. Cuando vieron a Bhagavân, la gente del infierno gritó en voz alta diciendo,

"No es justo que hayas dejado a mucha gente disfrutar en el cielo y sólo a nosotros en este infierno, Señor. Estamos cansados del infierno. También queremos la felicidad celestial".

Al oír todo esto, Bhagavân se apiadó de ellos y los apaciguó.

Desde allí, Bhagavân se dirigió inmediatamente al cielo y miró allí. ¡Qué hermoso espectáculo vio allí!

Todo el mundo disfrutaba felizmente de su vida. Qué atmósfera tan pacífica y sagrada. Se vio por todas partes que las flores de loto florecen en hermosos lagos de agua dulce, y muchas clases de árboles de diferentes edades y tamaños llenos de hermosos frutos maduros, y flores se ven por todas partes., Aves como flamencos, loros, pavos reales, etc. vuelan en grupos. El ciervo tizón convive sin miedo con animales feroces como el búfalo, el león, etc. Todos viven cómodamente en grandes palacios similares a palacios dorados. En ninguna parte es la adoración de Dios o Bhakti. Sólo cuando uno está apenado surge la necesidad de invocar a Dios. Aquí todos son como Dios con todas las virtudes compartiendo bendiciones sin siquiera el miedo a la muerte y viviendo felices y contentos. Sólo hay pureza, amor comodidad, paz y prosperidad en todas partes. ¡Vaya! Cuando el Señor vino al infierno, tuvo que ver a la gente que estaba afectada por sentimientos malignos como la lujuria, la avaricia, la embriaguez, el nepotismo, la crueldad, la injusticia, etc.

Bhagavân contó a los habitantes del cielo las penurias y quejas de los habitantes del infierno. Les pidió que fueran al infierno durante unos días y dieran el cielo a la gente del infierno. ¿No está la gente del cielo acostumbrada a dar sólo? Estuvieron de acuerdo. Así, los habitantes del infierno, que sólo estaban acostumbrados a recibir, alcanzaron el cielo. Los habitantes del cielo también llegaron al infierno.

Ha pasado tiempo. Bhagavân empezó a oír de nuevo el llanto. Entonces el Señor pensó que la gente del cielo lloraba en el infierno porque no estaban familiarizados con esta vida del infierno. Pero era del cielo. Bhagavân se preguntó por qué lloraban en el cielo. Cuando Bhagavân miró allí con ansiedad, no vio nada de los palacios dorados ni de los senderos sembrados de flores que había antes.

Todos chocaron entre sí y lo destrozaron y derrumbaron todo. Los arroyos y ríos estaban contaminados. Las carreteras estaban destrozadas. Se quebraron montañas y colinas. Era como el viejo infierno por el que habían pasado. preguntó Bhagavân,

"¿Qué pasa aquí?"

"Señor, cuando llegaron al cielo y vinieron aquí, todos se volvieron muy arrogantes y egoístas. Nadie sabe qué decir o hacer. Por favor, Señor, ya basta, trasládanos a nuestro antiguo lugar "Diciendo esto empezaron a llorar de nuevo. Bhagavân volvió a sentirse confuso, pero decidió trasladarlos al infierno.

Pero cuando fue allí, no pudo ver el infierno. La gente del cielo fue allí y enterró toda la basura y limpió los ríos, y la atmósfera quedó limpia por efecto de su sagrado resplandor espiritual. Allí abundaban el aire limpio, el agua limpia, la tierra limpia y la buena comida y bebida. Entonces Bhagavân reunió a los habitantes del cielo y del infierno y les dio un consejo.

"El cielo y el infierno no le salen gratis a nadie. Hay que ganárselo con nuestro esfuerzo. Lo único que se requiere para ello es nuestra actitud. Para cambiar de actitud, se requiere una mentalidad noble. El pensamiento es la semilla de cualquier acción. Por lo tanto, el esfuerzo por hacer que nuestra mente, intelecto y entendimiento sean nobles y puros es más urgente que los esfuerzos por las ganancias materiales."

Dicho esto, Bhagavân regresó de allí.

....

Sobre el Autor

Renuka.K.P.

Smt.Renuka.K.P. es nativa del distrito de Ernakulam del estado de Kerala como hija de Late Sri.Parameswaran y Late Smt.Kousalia. Tras licenciarse, entró en el servicio público de Kerala y se jubiló como Tahsildar. Ahora participa activamente como escritora en línea y expone claramente su punto de vista sobre asuntos sociales y culturales de la sociedad, especialmente contra la violencia doméstica de las mujeres.

www.ingramcontent.com/pod-product-compliance
Lightning Source LLC
LaVergne TN
LVHW041637070526
838199LV00052B/3416